Птица

Oiseau

Matthieu Carrani

Птица

Oiseau

Éditeur : BoD-Books on Demand
12-14 rond-point des Champs-Élysées, 75008 Paris
Impression : Books on Demand, Norderstedt, Allemagne

Design Couverture : Luca Ianelli & Ouriel Zeboulon

ISBN : 9782322258574

Dépôt légal :
Décembre 2020

Il a tiré, puis, tout s'est envolé.

Printemps

Cette histoire ne prédisait rien de réel. Il s'agissait d'un voyage, le voyage d'un cœur, très haut dans le ciel, le voyage de celui qui ferme les yeux très forts pour ne penser qu'au bonheur qu'il accepte enfin de vivre. Si seulement, je n'avais qu'une simple histoire d'escalier à raconter, alors tout irait très vite, tout serait facile à expliquer, à inventer. Ce ne serait pas si difficile de trouver les mots justes, les mots qui traduisent ce que cette histoire, en rapport avec la fumée des nuages, a provoqué en moi.

J'ai rencontré un oiseau. Tout a commencé comme ça, j'ai rencontré un oiseau. Il avait de grands yeux, du genre qui vous racontent une histoire derrière chaque regard échangé.

De grands yeux bleus qui ne mentent pas, car de toutes façons les oiseaux sont de mauvais menteurs.

Je me baladais dans les rues de Paris, je regardais tout droit devant moi, le regard autoritaire et fermé. Je contrôlais la façon que j'avais de porter ma cigarette à ma bouche. Je contrôlais mon corps parce que j'avais peur. Il faut dire aussi que je déteste le rose, c'est d'ailleurs la raison pour laquelle je veux être enterré dans un cercueil en chêne, dans un costume rose. Je marchais, décidé, vers une destination aléatoire, trainant derrière moi le gouffre que m'évoquais mon passé, les salissures grasses et violentes que je gardais accrochées à mes chevilles pour ne pas avancer trop vite et pour ne pas perdre le contrôle.

Discrètement, derrière mon oreille, j'ai entendu quelqu'un chanter, un refrain familier. Quelque chose qui convoquait des souvenirs en moi, qui me rendait nostalgique. Accompagné de ce doux son lointain, j'avais dans mon esprit, des images de grands arbres élancés, reluisants, jeunes et fleuris. J'entendais aussi l'écoulement de l'eau d'un petit ruisseau apaisant, et quelques jolies notes de piano. C'était le chant d'un oiseau. D'un oiseau timide et attentionné, je croyais qu'il voulait attirer mon attention mais il restait, malgré tout, à distance. Je le sentais se rapprocher, tout doucement, dans un faux silence qu'il tentait en vain de produire. Il volait de branches en branches mais il choisissait toujours la branche la plus proche de la précédente, pour ne pas m'effrayer et pour que je ne lui fasse pas peur non plus. Il pensait déjà à ce que je pouvais ressentir au fond de moi.

Quelques minutes plus tard, il s'était posé sur mon épaule, tout proche de ma joue. Il avait arrêté de chanter. Pour moi le chant de cet oiseau était comme sa respiration, ne plus l'entendre me faisait croire qu'il avait le souffle coupé. J'avais terriblement peur de l'effrayer, de le faire fuir, alors j'ai arrêté de respirer moi aussi.

Tout en haut de l'échelle, il me regardait avec ses grands yeux, il me suivait du regard peu importe où j'allais. Cela étant, je n'avais pas long à parcourir, l'espace dans lequel je l'avais amené et que j'ai peine à appeler mon appartement, ne permettait pas une grande marge de déplacement. Je lui disais, tous les jours, avant de partir, que à partir de l'instant où je l'avais fait monter ici pour qu'il se tienne au chaud et qu'il reste prêt de moi, je lui disais que c'était chez nous, notre petit lieu secret, celui où on allait s'aimer tendrement sans que rien ni personne ne puisse nous en dissuader.

C'est un petit oiseau qui vient de loin, il a beaucoup voyagé, il ne doit pas être très vieux. C'est ce que je me dis quand je vois la beauté de ses plumes et l'énergie folle qu'il use à jouer à faire l'enfant. S'il joue à faire l'enfant, c'est qu'il n'en est plus un et qu'il a peur de ne plus en être un. Il fallait toujours qu'il se colle à moi pour sauter sur mon corps et me pincer de son petit bec. Je n'ai pu m'empêcher de lui dire que je l'aimais parce que…

Pourquoi je l'aimais ? Si vite, si fort, si joliment ? Pourquoi, aujourd'hui, pourquoi maintenant, pourquoi toujours ? Des centaines de questions ont commencé à tourner dans ma tête, et pour la première fois de ma vie, cette voix que j'entendais depuis tout petit, cette voix qui ressemble à la mienne avec plus de coffre et d'assurance, pour la première fois, cette voix ne criait plus. Autrefois, lorsque je l'entendais, lorsqu'elle n'avait de cesse d'apparaître dans un creux de ma tête, elle hurlait, elle hurlait si fort que je priais pour devenir sourd pour quelques heures. Quelques heures qui me donneraient le répit nécessaire afin que je m'apaise, le répit que je me tuais à trouver depuis tant d'années. Pour la première fois cette voix, ma voix, celle avec laquelle j'ai grandi, celle contre laquelle je me suis tant battu, celle qui des milliers de fois m'avait fait pleurer, trembler et crier, était devenue douce, douce et fragile, presque innocente. Elle était lisse, enfin calme et sereine, elle n'avait plus peur, plus peur de croire qu'il était encore possible pour moi de survivre. Plus peur de finir seul, plus peur d'affronter les autres, plus sage, plus gentille. Elle n'était plus contre moi ou bien était-ce moi qui n'était plus contre elle peut-être. Oui, c'était peut-être moi qui, enfin, ne me battais plus contre ce que je suis, et celui que je brûlais d'envie de devenir.

J'avais trouvé un équilibre fragile, comme le jour où la main sécurisante de l'adulte lâche le guidon du vélo pour la première fois et que notre trajectoire ne dévie pas, que l'on avance droit, avec un objectif, avec l'envie de ne jamais s'arrêter, comme si au bout il n'y avait que la suite, comme si au bout on n'y trouverait que la paix, que toutes les chaînes accrochées de part et d'autre de notre corps cédaient sous la puissance d'un lendemain plus agréable. C'est drôle et à la fois incommensurablement ironique de se retrouver face à soi-même pendant des mois, quand l'angoisse est présente, que la solitude est la chose à fuir, quand je passais mes journées à chercher une proie, quelqu'un sur qui déposer le bilan, mon bilan personnel après une charge émotionnelle trop lourde à porter seul.

Vide

Quand je me suis rendu compte que toutes les projections que je m'étais faites, que toutes mes envies de futur, les promesses que je m'étais imposées, avaient été réduites en poussière par quelques mots, quelques phrases d'un garçon qui était le coffre-fort de ma peine, j'ai sombré. J'ai sombré parce que le désespoir qui m'a envahi était craintif, fébrile et inévitable. J'ai alors commencé à faire n'importe quoi, et n'importe quoi avait le sens de presque tout pour moi, je me suis enragé à enchainer les conquêtes dangereuses, les rendez-vous d'un soir, les nuits sans lune à boire des litres de vin et à faire semblant d'écouter des types tout aussi instables et détruits que moi. Enrobé d'un jeu de séduction maladive, j'essayais de me prouver que je pouvais encore être désiré, que je pouvais plaire à d'autres. Je me découvrais encore plus monstre que j'avais imaginé pouvoir l'être. Si j'avais su plus tôt que la pureté ne se cherchait pas mais s'attendait, j'aurais probablement pris ce temps pour manger la vie à grandes bouchées au lieu de me dévorer le cœur seul ou très mal accompagné.

Tout a commencé avec Alexis. Un jeune homme qui est apparu à un coin de table lors d'une soirée d'été sur la terrasse d'un boui-boui, néanmoins côté, du 14ème arrondissement. J'avais pris l'habitude de m'installer sur la droite, quasiment tous les jours après le travail, ce qui correspondait, à quelque chose près, vers une fin d'après-midi prématurée. Ce soir-là, comme beaucoup d'autres, je camouflais ma tristesse grâce à l'ivresse. Nous étions une bande de six ou sept guignols et nous aimions dépenser nos heures sans penser au lendemain, chantant, criant. Nous engagions souvent des conversations intenses, chargées de débats et de mille opinions toutes aussi différentes les unes que les autres.

Il est arrivé seul. Sage, s'est assis, n'a pas dit un mot.

Il était en face de moi. Je ne décrochais pas mon regard de ses yeux, il jouait avec moi. De temps en temps, il arborait un léger rictus qui laissait apparaître sa fossette. Ses cheveux bouclés, d'un brun ambré et lumineux, me fascinaient. J'avais abandonné le monde autour, j'avais trouvé ma cible, je savais que je ne repartirais pas sans ce que je voulais, et si malgré tout, cela se finissait ainsi, il serait sûr que je quitterai ce lieu en pleurant de chaudes larmes de désespoir, braillées et forcement dues à l'alcool.

Alexis avait dans son sourire, le charme d'un enfant rieur, la pureté des champs de blé en été, quelque chose de rassurant mais, aussi, subtilement machiavélique. Je descellais déjà le loup derrière le buisson charnu et accueillant qu'il présentait. J'ai eu la sensation que ce moment était très court, comme arrêté. Mais lorsqu'il prononça les premiers mots qui m'étaient adressés, je réalisais que cela devait bien faire une heure que mes yeux, sans jamais cligner des paupières, étaient restés posés sur lui.

- Tu t'appelles comment ?
- Matthieu, tu n'as pas entendu les autres le dire ?
- Si, mais je préférais l'entendre de ta voix. À moins que tu ne préfères me regarder encore longtemps en silence, mais la soirée risque d'être longue pour toi.

Je souris.

- Et toi ?
- Donne-moi ton téléphone.
- Pourquoi ?
- Donne-le-moi tu verras.

Je tends mon téléphone, nerveux. Il écrit.

- Sérieux, tu fais quoi avec mon téléphone ? Tu peux le rendre s'il te plait ?
- Attends.

J'attends. Il me le rend. Il reste silencieux.

C'est en fouillant par la suite dans mes messages, que je réalisais qu'il s'était écrit un message vers son numéro de téléphone. « C'est parce que tu es trop beau que je ne pouvais m'empêcher de te regarder, Alexis. »

- Alors, tu sais comment je m'appelle maintenant.
- Ce n'est pas du tout pour ça que je te regarde, hein.
- Peu importe.
- Non, pas peu importe, je ne vais pas me laisser manipuler par quelqu'un que je connais à …
- Joue, c'est ton tour
  Je lis la consigne du jeu.

- « Alexis doit enlever son tee-shirt ou finir son verre cul-sec. »

Alors ? Tu fais quoi ?

- J'enlève mon tee-shirt, puisque je sais que tu en meurs d'envie.

Je lève les yeux au ciel.

Je ne pouvais m'empêcher de me délecter du spectacle qu'il m'offrait en pleine conscience du jeu de séduction qu'il avait mis en place. Malgré le fait qu'il tentait timidement de cacher son torse, je lisais dans ses yeux qu'il adorait que quelqu'un se réjouisse de son sort. Nous avons discuté toute la nuit, je buvais ses paroles comme un chant mélodieux que je rapprocherais étonnamment de celui des marins bretons célébrant la mer.

Notre rencontre avait eu lieu avant l'été, dans les quelques jours qui suivaient, nous étions partis en vacances chacun de notre côté. Nous n'avions de cesse de nous écrire pour ne rien se dire. Il avait pour habitude de m'envoyer des musiques qui lui plaisaient et quelques fois qui lui faisaient penser à moi, et moi j'avais pris l'habitude d'associer ces chansons à l'attachement que je commençais à développer pour lui, ou peut-être simplement que je développais pour la situation. Il me disait parfois qu'à mon retour, nous irions en haut des collines du parc des Buttes-Chaumont, pour regarder le soleil se coucher et boire du vin dégueulasse au goulot, et juste écouter la patience de nos corps, sentir le vent et le temps qui passe, et aussi, pourquoi pas, verser une petite larme de mélancolie heureuse. Alors, moi, je me figurais déjà sa main dans la mienne, avançant menton relevé et regard assuré vers une route sur laquelle le monde s'écarterait à notre passage. Mon désenchantement fut tel que lorsque qu'il m'appela lors d'une soirée alcoolisée à la lueur d'un ciel bleu gris comme l'eau de la mer la nuit, et qu'il me confia que je me trompais sur toute la ligne, qu'il avait quelqu'un dans son cœur, qu'il voulait faire de moi celui à qui il se confierait et celui à qui il pourrait déposer un baiser au coin des lèvres quand bon cela lui chanterait, des larmes chaudes et charmantes s'échappèrent de mon corps et ce n'est pas de la colère que je ressentis mais quelque chose qui se rapprochait de la frustration, de l'angoisse. Un pincement violent dans la cage thoracique comme compressé, j'étouffais. Je voyais mon bel éther tomber en lambeaux.

Rien de mieux que de prendre le large, aller chercher le soleil sur les côtes sablées de la mer Méditerranée, pour me défaire de ce que je prenais pour une humiliation. J'avais pris avec moi ma volonté de découvrir le reste, l'entièreté d'un monde que j'avais occulté croyant que tout ce que j'avais vécu était définitif. D'une main, j'avais le cœur et l'esprit dirigé vers la joie, le tout accompagné par deux femmes décidées et habitées par le rire, qui avaient la faculté d'alléger mes maux. De l'autre main, ma peur, et mon sac à dos rempli de doutes et de questions. Après être arrivés dans le berceau de nos débauches et avoir profité d'une première soirée à siroter des cocktails hors de prix sur la terrasse en plastique d'un bar isolé, nous avions décidé de nous enivrer dans une boite de nuit miteuse en compagnie de notre hôte. Un jeune homme de vingt-huit ans, à l'allure fière et l'œil hagard, représentant officiel du commercial en quête d'élévation sociale, un Julien Sorel contemporain dépassé par ses désirs et sa sexualité, pour qui la vie n'était plus qu'un long fleuve à descendre en percutant le plus de rochers possible, comme s'il voulait effleurer la mort avec la confiance d'un chien aveugle. Il m'avoua tout. Entre les néons fébriles et les embrassades inconscientes du fumoir, il m'avoua tout. Il disait être tombé amoureux de moi il y a des années déjà, qu'il attendait depuis longtemps le moment où je me retrouverais devant lui, démuni et triste, pour qu'il puisse trouver le courage de m'avouer ses passions qu'il qualifiait d'honteuses. Il m'aimait en silence depuis le temps où mes cheveux couvraient la moitié de mon visage, le temps où je cachais mon regard derrière une longue mèche que je défendais corps et âme malgré le fait qu'elle dépeigne de moi, un portrait juvénile et rebelle. Il disait vouloir me serrer dans ses bras, vouloir creuser dans son cœur plus fort, plus loin pour m'y faire une place au chaud. Je n'avais décelé de telle sincérité chez personne auparavant. Il s'excusait de faire exister ce moment, il me confia ses peurs, la frustration qu'il s'était préparé à vivre face au rejet qu'il s'attendait à recevoir de ma part. J'étais décontenancé, je ne savais plus quel était mon prénom, ni même où est-ce que j'étais, comme pétrifié devant tant d'amour et de candeur. J'étais pétrifié mais ses mots légers et choisis à la virgule prêt m'ont attrapé le cœur dans un moment de naufrage. Je n'ai pas réfléchi, je ne me suis pas posé les bonnes questions, j'ai fait confiance trop vite, trop fort, naïvement. Je n'avais pas anticipé le mal autour, le mal qui pouvait en découler. L'aspect malsain de quelque chose qui se créer encore une fois dans le silence, le silence des proches, le silence de la campagne, le silence d'un château où les âmes de ses morts sont plus présentes que celles des vivants. Je ne l'ai pas aimé, je ne l'ai pas désiré, j'étais comme un pantin qui attendait seulement qu'on lui coupe ses fils.

Liberté

C'était un autre langage que celui de mon nouvel ami. Un langage auquel je n'avais pas encore accès mais qui m'avait touché, qui m'avait ému. Lors de la première nuit que nous avons partagée, je me sentais coupable de lui imposer l'enfermement que je subissais dans ce perchoir que j'habitais. Je me disais, pour me rassurer, qu'à l'échelle, cela ne devait pas être beaucoup plus petit que le nid qu'il avait quitté. Le soleil, à peine couché, versait ses dernières pluies de lumière à travers l'unique carreau de verre qui surplombait mon évier. Quelques gouttes de virtuosité s'étalaient dans mon appartement, créant de magnifiques lignes d'ombres sur le plafond. L'oiseau commençait à s'agiter, je n'arrivais pas à déterminer s'il voulait jouer où s'il cherchait à s'enfuir, je ne saisissais pas encore que j'étais en train de le priver de son besoin le plus essentiel. Je l'ai adopté comme s'il était le mien dès les premières secondes, comme si j'allais l'apprivoiser sans qu'il n'ait son mot à chanter, sans que ce qu'il pense n'ait d'impact sur notre relation, je trouvais en lui quelque chose qui me réconfortait, qui me faisait voir les choses d'une façon si belle que j'en oubliais le reste, c'est-à-dire lui, lui et tout ce qu'il était, tout ce qu'il apportait avec lui, non pas pour me faire plaisir ou pour me guérir, mais tout ce qu'il portait en lui. Les oiseaux ont des histoires. On a tendance à confier ses peines à ceux qui sont libres, mais « la liberté ne s'envole pas tant qu'on ne bat pas des ailes ».

C'est de lui, ce sont ses mots. Il a eu le temps de me confier des milliers de mots au creux de mon cœur.

Cette nuit-là, comme beaucoup d'autres, j'ai eu la chance qu'il veuille jouer, le cliquetis de ses pattes sur le bois de mon sommier, les subtiles rafales qu'il invoquait avec ses ailes, et ses piaillements fébriles me rendaient à la fois, encore plus gaga, et à la fois nerveux du boucan que devait subir mes voisins de palier qui ont pour habitude de partager mes sessions musicales sous la douche.

C'est fascinant le voisinage. Surtout au 7ème étage d'un immeuble ancien et amianté. Il y a comme un jeu qui s'installe, le jeu de celui qui sera le plus invisible, tant est si bien que pendant la première année de résidence dans mon clapier, je n'ai croisé aucun d'entre eux. Jusqu'à peu, lorsque par une nuit d'insomnie, nu dans mon lit, résultat de fortes chaleurs qui rendent ce lieu aussi efficace qu'un four en pyrolyse, quelques cris apeurés retentirent dans les couloirs labyrinthiques et secrets de cet étage trop étroit du 142 rue de Vaugirard.

Inquiet, j'enfilai un caleçon et une chemise trop grande pour moi, d'un rose pastel, que je boutonnai lundi avec mercredi, afin de me préparer à quelconque intervention héroïque de ma part qui me vaudrait une médaille de chevalier de la légion d'honneur. Les cris furent de plus en plus craintifs et sonores, j'entendis alors des pas décidés et je distinguais maintenant un « S'il vous plait, aidez-moi ». À peine ai-je eu le temps de prendre une décision, que quelqu'un frappa à ma porte. Je l'ouvris en prétendant que je venais à peine de décoller mes paupières alors que cela faisait bien cinq bonnes minutes que j'étais dans un éveil surréaliste prêt à bondir sur un agresseur potentiel. J'aperçu alors une petite femme en robe de chambre, aux alentours de 25 ans, les larmes aux yeux, elle tremblait. J'analysais sa robe, des bretelles fines, des motifs douteux, une coupe interdite. Aucun doute, il était bien trois heures du matin, et je n'avais aucune honte à tirer de mon accoutrement. Je lui dis de respirer, et de m'expliquer la situation. Je m'attendais ce soir-là à sauver une vie, tous les scénarii se faisaient la guerre dans ma tête, peut-être que c'était elle qui fuyait un agresseur, peut-être avait-elle tuer son père dans une crise de paranoïa, peut-être que c'était un leurre, peut-être venait-elle pour me faire la peau ?

Non, rien de tout cela, elle avait mis au four du pain recouvert d'emmental et un steak haché sur ses plaques de cuisson, et voulant soulager sa vessie dans une précipitation palpable, elle avait quitté son appartement pour se rendre dans ses toilettes sur le palier, mais malheureusement un courant d'air entre la fenêtre des cabinets et de son abreuvoir avait fermé sa porte d'entrée avec force et violence, et pour agrémenter l'histoire, les seules clefs qui ouvraient cette porte étaient bien sûr restées à l'intérieur. C'était la panique, son four allait exploser, le morceau de viande allait prendre feu et nous allions tous cuire ensemble dans un immense feu de joie nocturne. N'étant pas d'un tempérament réactif, je n'eus d'autre réaction que de pouffer de rire, nerveusement et de lui tendre mon téléphone pour qu'elle appelle la gardienne et les pompiers. Alerté par le bruit, un second voisin, d'un petit peu plus loin dans le couloir qui avait tout de même pris le temps de finir tranquillement sa douche et de remettre son costume bleu marine et ses chaussures de villes trop cirées pour qu'elles ne soient pas surutilisées, débarqua en trombe avec les cheveux encore mouillés. Nous lui faisions le topo et ni une ni deux, il courut dans son appartement pour y trouver un intercalaire de classeur afin de faire un remake d'un épisode de Julie Lescaut et tenter d''ouvrir la porte. Sans succès.

Après avoir appelé les pompiers, la gardienne qui avait peiné à monter les sept étages, arriva essoufflée comme un bœuf élevé pour mourir à quelques centimètres de moi, elle s'affola également et dit qu'on allait tous mourir, elle me glissa d'un regard agars que ma voisine était folle, que ce n'était pas la première fois qu'elle « la faisait chier pour rien ». J'étais immédiatement tombé amoureux de la démesure de cette femme trapue et mesquine tant ses radotages puérils n'étaient pas de circonstances.

Lorsque nous avions commencé à sentir une odeur légèrement inquiétante et qui confirmait notre décès collectif imminent, La gardienne et Madame Pipi s'étaient précipitées vers l'escalier pour, au plus vite, ouvrir la porte annotée d'un arrogant « entrée de service » qui était là pour bien rappeler quotidiennement notre condition sociale, dans le but de laisser pénétrer une demi-douzaine de pompiers chaussés de bottes intimidantes par leur grosseur et leur bruit assourdissant.

Je me demande souvent pourquoi dire une demi-douzaine a beaucoup plus de style que de dire six.

Une fois l'intervention de nos colosses sauveurs, que la tension digne des plus grands blockbuster américains (ratés) fût dissoute, ensemble, dans un soupir d'espoir nous allions bredouille de drame, regagner nos terriers respectifs. C'était sans compter sur l'intervention intempestive du voisin qui préférait mourir « propre », question de dignité, qui nous proposa de célébrer la vie autour d'un verre de vin. Ni une, ni deux, me voilà, toujours vêtu comme après une nuit de mauvais sexe, assis sur le canapé de ce grand et néanmoins beau garçon que je pouvais désormais appeler voisin. À ma gauche, Madame Pipi, toujours en train d'analyser son trauma et de déjà penser aux soixante euros qu'elle donnerait à son psy pour ne pas vivre avec la culpabilité d'un presque homicide involontaire sur le dos pour le reste de sa vie. Elle avait une larme qui coulait discrètement et avait visiblement décidé de noyer ses émotions dans la bouteille gentiment ouverte par notre nouvel ami commun.

Quelques jours plus tard, alors que nous étions au plein cœur de l'été, sur les coups d'une heure du matin, le doux ciel lumineux qui couvrait de bleu nuit les rues et les intérieurs de Paris, un énorme et dangereux nuage vînt s'immiscer entre la lune et la terre. Si dangereux que, celui-ci, s'annonçant de prime à bord comme un cracheur de larmes timides, devint alors un lanceur de boules de glace intrépide. Impossible même de m'entendre vivre tant la violence de ses attaques contre la toiture endommagée de l'immeuble était à la hauteur de la terreur qui commençait à m'emplir.

Je n'étais pas le seul à avoir peur visiblement car peut-être 6 minutes après le début du déluge, on toqua à ma porte. C'était Fabrice, le voisin propre. Il ne portait pas de smoking cette fois-ci, il s'était accommodé d'un pyjama à rayure tout droit sorti du placard de son grand-père. Il me sourit et me demanda de sa voix la plus craintive, si nous pouvions surmonter ce moment difficile ensemble, se soutenir dans l'adversité d'une guerre contre le temps en somme. J'acceptai d'office et nous nous dirigeâmes vers la cage d'escalier qui me rappelle étrangement la ferraille extérieure des bâtiments New-Yorkais que l'on voit beaucoup dans West Side Story, et qui me faisait me trémousser des heures durant lorsque plus jeune, j'avais dédié mes passions à la comédie musicale et aux paillettes.

Nous fumions des cigarettes et parlions de nos vies de manière désintéressée et superflue tout en contemplant l'immense cour intérieure et ses allées et venues lumineuses qui jonglaient de fenêtre en fenêtre et de vie en vie. Nous étions hors règles en nous époumonant de pétrole. La vie avait un goût délicat et puéril, le temps d'un instant nous respirions la simplicité de nos cœurs.

Le premier vol

Enfermé depuis plus d'un mois, mon oiseau s'était habitué à vivre près de moi, il me disait même parfois que c'était ici qu'il avait toujours voulu vivre, que lorsqu'il avait à peine appris comment il pouvait utiliser ses ailes pour conquérir tous les mondes qu'il pouvait s'inventer, il disait, « quand je serais grand, j'irai à Paris ». Nous avions eu le temps de parler lui et moi, nous avions pris le temps d'apprendre à nous découvrir, à nous identifier et à nous aimer. J'avais compris désormais que c'était un oiseau des grands froids, il avait fait ses premiers pas sur des sols gelés, là où même les plus grosses couvertures ne remplacent pas l'alcool pour se réchauffer. Il venait de là où les femmes et les hommes chantent et dansent lors de grandes cérémonies dignes de festivités ancestrales, vêtus de couleurs enchanteresses et de fierté d'appartenir à l'histoire. Il venait de là où le soleil restait souvent timide, là où le vent glacial n'entachait jamais le bonheur d'être face à la mer, le bonheur de courir après les mouettes avec pour arrière-plan, les plus beaux crépuscules que l'univers proposait. Il venait aussi de là où la peur était le meilleur moyen pour les êtres humains d'être dirigé. Là où tu ne pouvais pas échapper à prendre les armes, là où tuer est une meilleure solution que d'aimer. Il venait aussi de l'amour de son pays, l'amour de l'indépendance, le combat, le cri du peuple, la fierté de ses drapeaux, de ses victoires. Il

venait de là où les maisons et les
champs semblaient être restés au
temps des bombes assourdissantes et
destructrices. D'un lieu où mourir
vieux était synonyme de lâcheté.

Il me parlait de son passé avec
des perles aux yeux comme si cet
endroit, c'était la terre qu'il s'était
promise mais qu'il ne pourrait jamais
défendre et acquérir. Il était bien ici,
mais je sentais dans son regard que
l'absence de ses racines ne prendrait
jamais le large. Alors je commençais à
culpabiliser d'avoir scellé son avenir
dans un espace auquel il s'était
accommodé mais qu'il n'avait pas
choisi. Je commençais à ressentir ce
besoin de liberté que les oiseaux
cherchent et touchent du bout des
ailes. Malgré toutes les chaines que je
lui accrochais aux pattes, il devrait un
jour les briser pour prendre son

envol. Comme le premier vol, comme s'il respirait à nouveau, comme si, être dans les airs était son unique moyen pour survivre.

J'ai souvent eu l'envie de voler moi aussi. Voler le temps d'un instant, les bras déployés dans le vide après une course effrénée sur le bord d'une colline assez haute pour que le deltaplane s'engouffre dans les courants d'air chaud qui te font monter, monter, monter un peu plus haut, un plus fort, un peu plus longtemps, avec cette sensation dans le corps, cette extrême et rapide sensation de vide, de compression, de fin.

Un jour, avec Léo, Lara et Clotilde, nous avions décidé de partir quelques jours rejoindre la maison en Bretagne qui appartient à des gens qui, de façon indescriptible, me rendent heureux. Nous avions pris la voiture, parcouru les routes, chantant à tue-tête pendant non loin de quatre heures. Nous venions célébrer le vingt et unième anniversaire de Léo et il n'y avait rien de mieux pour nous que de nous enfuir pour fêter une nouvelle année à piétiner dans les rues de Paris, ivres du parfum de nos angoisses. Le plan était simple. Nous devions festoyer comme nous savons si bien le faire pendant toute la soirée de notre arrivée et le lendemain nous devions rejoindre les hauteurs des Côtes-d'Armor pour sauter dans le vide. Le programme était aisé et acquis. Malheureusement, une tempête vînt s'abattre sur la paisibilité de nos amours, et le ciel en décida autrement.

Avide de plan de substitution, nous passâmes notre journée du samedi à chercher l'activité de dernière minute que nous pourrions exploiter sans trop de rancœur. Le cœur mou et fatigué de nos aventures, nous étions affalés dans les nombreux canapés qui envahissaient le salon. Tous acharnés sur nos smartphones afin de tomber sur la perle rare qui ravirait nos corps et notre ami qui, pour le moment, voyait tomber à l'eau son cadeau d'anniversaire au goût amer. C'est alors que Claudette, détentrice officielle de la médaille d'or de la femme la plus moche le jour de son mariage, une petite femme rabougrie, avec un langage s'approchant de celui d'une alcoolique en mal de coït qui hurlerait, tel un plongeon huard, imbibé de gnôle, arriva, affolée, à la porte de la cuisine pour nous raconter ses mésaventures de la nuit. Elle nous expliqua que son chien adoré n'était pas rentré dans la nuit et qu'elle avait été inquiète pendant toute la durée de son sommeil car ce n'était pas dans ses habitudes. Et au matin, l'horreur s'était produite, le chien avait passé la nuit dehors sous la tempête et était désormais allongé sur son palier, peinant à se réchauffer, tremblant et presque mort. Mais à qui le dites-vous, répliquai-je, il faut absolument que vous l'emmeniez chez le vétérinaire. Nous ne pouvions pas supporter une tragédie de plus aujourd'hui. Mais Claudette était persuadée qu' « un vétérinaire ? un samedi ? C'est impossible. » le tout, sans faire l'impasse sur l'élément indispensable à la prononciation de la langue bretonne :

Le « i » vengeur, assassin, le « i » qui dure, qui vous fait peur, qui vous encercle et ne vous quitte plus, le « i » plus long que ma période de jachère, le « i » qui frotte, qui pique, qui attaque et qui dégoute.

« Un samedi, c'est impossible à trouver » nous répéta-t-elle, désabusée.

Et je le donne en mille, le pauvre toutou n'a jamais donné suite à ses blessures, il était décédé avec autant de tristesse que le ciel s'était acharné sur son pauvre pelage de clébard en fin de vie.

Tandis que nous, le moral dans les chaussettes, nous nous étions résignés à visiter le parc Zoologique le plus proche, oubliant que participer à l'ignominie que représente des dizaines d'animaux en

cages n'allait rien arranger à notre
désenchantement

Léo

Il existe beaucoup de choses dont j'aimerais lui parler mais je n'ai jamais encore trouvé le courage de le faire, j'y ai longtemps pensé, je me suis dit que j'allais faire un message vocal sur son répondeur téléphonique avec le risque que, peut-être, il décroche, ou encore lui dire en face, autour d'un verre à une terrasse de café avec le risque que je boive une bière de trop et que je ne sois plus qu'un corps régit par ses émotions.

Malheureusement, je suis un garçon rempli de peur, je suis entouré par elle, elle m'obsède jour après jour, et surtout la nuit. La nuit quand je cherche les étoiles de ma vie et que je me rends compte que je devrais prendre ma myopie plus au sérieux. Je suis aveugle de mes angoisses, je me rends aveugle par instinct, de ce que je devrais confronter à cœur ouvert.

Il doit certainement espérer ne pas lire certaines choses, mais je ne suis pas complètement sûr de ce à quoi il pourrait être en train de penser. Il y a des choses que je regrette, des choses que j'envie, des choses qui me manquent, auxquelles j'ai déjà gouté ou non, des choses qui doivent être dites même si elles ne le concernent pas forcément.

J'ai pensé à écrire de façon poétique, un truc qui me ressemble, mais en fait, j'ai peur aussi de cette expression parce que je ne sais pas moi-même ce que ça veut dire.

Je suis tellement reconnaissant d'avoir partagé les années les plus difficiles d'une vie à ses côtés. En tant que couple, ce petit truc qui n'était qu'à nous. J'ai longtemps mis sur ses épaules le poids du secret qui découlait de notre truc, mais avec le recul, je vois que j'en suis responsable à part totalement partagée. J'avais peur encore une fois. Et ce sont ses bras qui me rassuraient, j'ai posé tellement de mes souffrances sur ses épaules que je les ai faites plier. Je ne pourrai jamais le détester de m'avoir donné l'opportunité de me découvrir. Et d'avoir eu le courage de se donner cette chance à lui, aussi.

J'ai changé, beaucoup. Je crois qu'il le voit. Je crois qu'il aime bien ce que je suis en train de devenir. Je crois que je lui dois beaucoup, mais que je le dois aussi énormément à moi-même.

Je sais que je l'aime encore et j'espère souvent qu'il y a toujours une empreinte de moi quelque part dans son essence aussi. Une trace, un quelque chose, je crois que oui. Quand je dis que je l'aime encore, c'est étrange. Parce que je me rends compte que ça aussi, ça me faisait peur, de l'aimer avant. L'aimer m'a rendu effrayé par la perte, l'abandon, j'avais peur qu'il trouve quelqu'un de mieux que moi, de plus intéressant que moi, de plus beau. C'est ridicule. Aujourd'hui j'adore l'aimer, parce que ça ne me fait plus peur, quand j'y pense, je suis apaisé. C'est un amour salvateur, sauvage, précieux et calme. Voilà c'est ça, je l'aime calmement.

Mes mots ne sont pas une déclaration, je ne suis pas en train de l'attendre ou autres conneries qui pourraient faire peur. J'écris justement parce que tout est sain, et simple. C'est un sentiment positif et concentré sur qui il est, et non plus sur qui j'attends qu'il soit pour moi. C'est le garçon qu'il était, est et va devenir, qui me plaît. C'est un ami tellement agréable à aimer.

Je disais que nous allions créer un monde ensemble à travers le même regard, un regard lucide et symbiosé. Je sens que je ne me trompe pas lorsque que je vois que nous avons besoin de l'autre pour ajuster nos pensées. Je n'envisagerais plus de faire quelque chose sans avoir fait la balance de nos avis. J'entends dans l'invisible qu'il y a une route qu'on emprunte ensemble sur laquelle on saute à cloche-pied avec des pauses à nos rythmes, parfois pour cueillir une fleur odorante ou une autre pour se salir les mains avec la poussière de la vie.

Tandis que mon autre moi s'en est allé. Un matin, il a battu des ailes un peu trop vite, un peu trop fort, et il s'est en allé.

Absence

Assombrir la nuit plus que de raison. Foncer les couleurs de ma palette d'émotions et pleurer. Tout allait bien pourtant. Je rentrais du travail le cœur chargé de volontarisme mais avec les jambes lourdes et vaseuses dû au fait que j'avais piétiné entre les tables de la terrasse et ses clients bruyants et parfois malodorants.

Dans le bar, lorsque je suis assigné à la salle et que je me dois de courir partout afin de satisfaire le moindre petit tiraillement d'insatisfaction de messeigneurs les crevards alcooliques tout en gardant le sourire aux lèvres et les yeux pétillants de fausses envies d'être serviable, il m'arrive parfois de tomber sur des personnages singuliers qui entrent dans la mythologie humoristique des histoires que nous partageons entre collègues. Par exemple, un soir, Luca, barman d'excellence doté d'une audace à faire pleurer des bébés poussins morts, me fit remarquer que la table de dix jeunes âmes, issues tout droit de queerland, installées juste au pied du comptoir, me regardaient avec insistance à chaque fois que je passais à coté de leur réunion sonore et juvénile. Une fois remarqué, je m'efforçais de rester professionnel malgré les ricanements et les commentaires déplacés qui sortaient de leur tube à paroles. Certaines de leurs interventions étaient, non seulement déroutantes mais aussi très inappropriées, telles que, « ce soir, celui qui avale le plus aura le droit de choisir celui qu'il enculera », ou encore, « parfois le soir quand je rentre et que je me branle je pense aux serveurs qui m'ont servi toute la soirée, ça m'excite de me dire que je pourrais les baiser derrière le bar ». Il y avait aussi Marie-Anne, ma collègue préférée, adepte des potineries et autres pépites croustillantes qui pimentaient les services. Cette soirée semblait être son pain béni tant elle frétillait de savoir lequel de ces jeunes érudits du cul aurait l'aplomb suffisant pour franchir le cap de l'adresse direct à l'un d'entre nous. Elle venait me voir toutes les dizaines de minutes avec son air hagard et frémissant, suivi d'un « algo nuevo » et ses sourcils levés comme pour me dire qu'elle voulait absolument tous les détails. De temps en temps, je n'avais rien à lui raconter parce qu'elle venait me voir beaucoup trop souvent par rapport à la fréquence de mes interjections avec le groupe, mais à certains moments j'avais de quoi la divertir, elle était tout émoustillée lorsque que je lui ai raconté que lors de ma pause, un d'eux était venu me voir dehors pour me demander une cigarette. Il s'appelait Maxime, il était petit, et portait un tee-shirt trop petit pour lui dont l'étiquette dépassait de son col. Il me sourit et me remercia quand je lui tendis la cigarette qu'il m'avait demandé. Il me dit que j'étais le serveur qu'il préférait et que si je ne finissais pas trop tard je pouvais rejoindre sa tablée pour finir la soirée avec eux. Il me dit également qu'il s'excusait pour la lourdeur de ses amis. Je lui rendis un sourire niaiseux et gêné avant de me diriger vers les toilettes tel un furet en fuite sous les toitures des maisons. En arrivant aux urinoirs, je me retrouvais nez à nez, si ce n'est bite à bite avec ses fameux amis gênants, dont un qui se fit remarquer en une seconde avec un « eh, mais c'est pas le serveur mignon avec son jean moulant que Maxime veut baiser ? », et comme je ne répondais pas, à lui d'enchainer, « bah alors, tu parles pas ? Tu es embarrassé ? Tu as peur de quoi ? ». Je n'ai rien fait d'autre que hocher la tête avec arrogance afin de me précipiter dans le bureau pour raconter à Marie-Anne mes aventures et reprendre le travail.

Je passais seulement la porte de chez moi lorsque je vis une ribambelle de ballons de toutes les couleurs accrochés un peu partout sur les murs, et de nombreuses guirlandes lumineuses blanches et bleues. Heureux de cette surprise qui égayait ma journée je m'empressai de vouloir prendre mon oiseau dans mes bras pour le remercier. Mais il n'était pas là. Je l'appelai. Pas de réponse. Je l'appelai encore. Toujours sans réponse. Je sortis de mon logement, pensant qu'il eût pu être dans les couloirs, se cachant, me préparant une seconde surprise. Je jouais bel et bien seul à cache-cache, impossible de le trouver. Il était déjà parti. Sans dire au revoir. Me laissant seul avec mes ballons et ma détresse. Je n'arrivais pas à croire qu'il ait pu m'abandonner. Qu'il était parti sans se retourner. Sans se dire que peut-être il aurait dû rester. Rester près de moi encore cette nuit, puis la suivante, puis celle d'après encore. Je ne voulais absolument pas croire que ce qui se passait était réellement en train de se produire. Je me disais que peut-être, il avait eu besoin de prendre l'air quelques instants, qu'il n'était simplement pas encore rentré, qu'il avait pris du retard. Il était toujours là quand je rentrais d'habitude mais cette fois non. Cette fois, il n'avait pas voulu m'attendre, pas voulu être présent pour me réconforter, pour m'enlacer et s'endormir dans mon cou une fois la nuit tombée. Il était parti. Envolé. L'oiseau liberté. Mon oiseau fasciné par l'ailleurs. Mon oiseau avait choisi le voyage. Peut-être était-il retourné chez lui, de là d'où il vient ? Peut-être avait-il chanté au creux de l'oreille de quelqu'un d'autre qui l'aurait pris à son tour dans son monde, peut-être avait-il eu envie de voir autre chose, de retrouver autre chose ou de découvrir de nouvelles choses. Il était parti, me laissant là, avec ma peine, et mes guirlandes dans mon appartement sale et anxiogène. Il était parti pour mieux se retrouver, pour mieux me laisser, pour mieux s'aimer. Il était parti pour se donner le droit d'exister, pour respirer. Il était parti et moi en boule, dans mon lit, je pleurais son absence, je pleurais mon futur flou et orageux que je percevais déjà, comme une énorme boule de neige envoyée en pleine figure. Quand le visage est tétanisé par le froid, qu'il n'y a rien d'autre à faire qu'attendre et se plaindre. Quand l'amour et l'horizon ne semblent plus être des remèdes possibles aux maux.

Cher Oiseau,

Méprisant l'immensité des êtres qui déambulent, tragiques, il m'était coutume de fuir.

Surpris par la beauté d'un regard clair et juvénile, je me laissais aller au chaos de mes craintes.

Dans un souffle commun et au travers de quelques mots tracés sur des lignes qui se croisent, j'avais la profonde certitude qu'un orage apaisant rôdait majestueusement sur nos vies.

Si importante puisse-t-elle être, cette vie, à tes yeux flamboyants.

Je me voyais, comme un fleuve mélancolique, déversant de ma peine pour accueillir ton sourire près de mon épaule.

Dans ces moments qui flottaient, je me nourrissais suffisamment de l'espoir de te voir pour voyager un peu à tes côtés sur la route de mes angoisses.

« *Que les fins de journées d'automne sont pénétrantes ! Ah ! pénétrantes jusqu'à la douleur ! Car il est de certaines sensations délicieuses dont le vague n'exclut pas l'intensité ; et il n'est pas de pointe plus acérée que celle de l'Infini.* » *disait Baudelaire, de son infinité qui n'effraie que ceux qui n'ont pas peur de mourir. Ceux dont tu ne faisais pas parti car tu volais au-dessus de la vie avec une légèreté qui m'est enivrante. Le temps s'arrêtait de vouloir grandir quand tu n'étais pas loin.*

Au génie surprenant, au naïf douteux, à l'arrogant entreprenant ainsi qu'à l'enfant terrible, j'adresse ces mots…

Tu bouleversais un peu de la poussière qui vivait sur mon corps et c'était une rengaine aliénante que de penser le son de ta voix, la folie de tes récits anciens rythmés de beaux vals perchés.

Quelques gouttes de pluie sur la fenêtre, le son de leurs éclats venait me sortir de mon sommeil. C'était toi cette nuit qui occupait mon esprit.

Fâcheux dilemme que de vouloir garder ce souvenir ou de vouloir se rendormir car la minute en trop que je laisserais s'écouler déciderait de mon état pour une petite éternité.

Au son de tes lèvres qui attirait le vent parfumé de mon désir, je volais un peu de mon impatience pour m'en faire un jardin rassurant, et c'était un joli succès que de me sentir menacé par ton regard qui ne se posait jamais sur les envies que j'avais prémédités.

Tu restais imprévisible et vaguement pédant quand je te parlais avec mes yeux, tu étais mon Eliott au cœur en betterave.

Les garçons ne pleurent pas

J'attendais son retour, j'attendais le moment où il reviendrait, je me demandais parfois s'il avait choisi de partir, je me demandais s'il aimerait que je parte à sa recherche. Je voulais savoir s'il y avait encore une chance pour que, près de moi, soit encore, comme être chez lui, pour que dans son corps quelque chose d'instinctif le ramène à moi, dirige son existence vers mon quotidien.

Alors j'ai essayé. J'ai essayé d'investiguer, de préparer mes recherches. J'ai commencé par ouvrir mon ordinateur pour créer un document sur lequel j'allais rassembler des captures d'écrans de chaque arrondissement parisien sur lesquels j'allais surligner les plus grands axes en bleu et les rues que je qualifiais de poétiques en rouge. J'ai ensuite dessiné un parcours défini qui correspondait à peu près à cinq kilomètres de marche dans chacun de ces quartiers. Ensuite, j'ai organisé un planning de recherche, ce jour-là j'allais dans le sixième, l'autre dans le dix-huitième, pour finir sur le quinzième, mon quartier. Je me disais qu'il y avait peu de chance qu'il rôde encore près de chez moi. S'il s'était envolé, c'était forcément pour errer dans d'autres rues, d'autres parcs, d'autres énergies.

Je suis sorti de chez moi, avec dans ma poche, les cartes que j'avais pu imprimer au travail. Je pris le métro, et me dirigeai vers la station de métro Ourcq pour éplucher le dix-neuvième arrondissement. Avec mes écouteurs qui diffusaient de la musique aux paroles tristes et qui me faisait voyager, j'étais absent de la ville, absent de la tension folle qu'exerce la vitesse de déplacement et le manque de patience des habitants de la capitale enflammée. À la sortie du métro, il pleuvait. Je ne m'étais absolument pas renseigné sur le temps qu'il allait faire, tellement j'étais obnubilé par ma quête. Je portais une jean bleu clair délavé, et un tee-shirt rayé, type marinière avec un petit cœur rouge brodé près du cœur. Sur mes épaules, un gilet noir, vieux, et abimé, et dans mes pieds, de veilles baskets noires trouées aux allures de chaussures trouvées dans une décharge publique. J'avais froid et mes épaules touchaient déjà mes oreilles tant mon corps tentait par tous les moyens de se protéger de la pluie.

J'empruntai alors la Rue de l'Ourcq, puis je tournai à gauche Rue de Thionville, au bout de celle-ci je m'engageai à droite sur la Rue de Crimée puis, après avoir traversé le canal, je me faufilai dans un passage qui me menait à la Rue de Joinville par la droite pour finalement longer le Quai de l'Oise jusqu'au parc de la Villette. Sur les quais, je flânais. J'avais cette attitude embourgeoisante et pédante du pauvre en perdition émotionnelle. Je marchais le regard dans le vide, tel une âme profondément seule et désespérée. Un homme qui portait un short taché, et une chemise qui laissait entrevoir les poils longs et sales qui tapissaient son torse mou s'approcha de moi dans un élan annonciateur de problème.

- Eh ! Toi ! Oui ! Toi ! Eh !

Je retirai mes écouteurs, ce qui me sorti immédiatement de mon univers flottant et lointain.

- Oui ?
- Toi ! Tu me reconnais ?
- Euh non, désolé je suis pressé !
- Non, attends, je te connais moi.
- Je pense pas, Monsieur, désolé.
- Si, si. C'est toi ! C'est toi que j'ai vu avec ton mec. T'es pédé non ?
- Non monsieur, désolé, je ne vois pas de quoi vous parlez, et j'ai une copine.
- Roh, ça va, tu peux me le dire à moi, ne me mens pas, je t'ai vu. Vous causez des

problèmes avec ton mec dans le quartier.

-   Même si un dixième de ce que vous racontez était vrai, je pense que vous vous trompez de personne car je n'habite pas du tout dans le coin.

-   Non, mais tu traines vachement dans le coin. Je t'ai vu plusieurs fois, je reconnais tes yeux, tes cheveux, ton attitude quand tu marches, on sent que tu aimes le sexe. De toute façon, moi je vois tout, je sais tout, depuis ma naissance, on m'a donné la possibilité de tous vous dominer, vous qui êtes si limités. Vous qui ne vous contentez que de brailler et de chercher sans cesse comment sortir de cet immense labyrinthe que j'ai créé. Vous n'êtes que des fourmis, de pauvres petites pommes grignotées et pourries. Je vous surplombe et rigole de vos ignominies.

Alors tu vois mon grand, si tu avais une salle de bain dans laquelle je pourrais me laver de toutes tes déviances et toutes celles de l'intégralité de vous, pauvres humains, sans magie, sans pouvoir, sans espoir, tu m'aiderais beaucoup. Je ne te demande pas grand-chose, tu dois seulement aider ton créateur, et le remercier d'être ce que tu es, de vivre ce que tu vis, et si ce que tu vis c'est le malheur, tu dois me remercier encore plus, car cela veut dire que j'ai placé en toi le courage et la possibilité que tu sois l'un des nôtres, un de ceux qui bousculeront le monde, même si pour tout t'avouer, les suceurs de bites sont souvent ceux qui échouent.

- Oui, d'accord, je ne suis pas sûr de bien comprendre mais peu importe, je vous le répète, je n'habite pas ici, donc, passée l'éventualité que j'accepte de vous aider, je ne suis pas en mesure de vous répondre favorablement. Et je vous assure que je ne suis pas homosexuel, je n'aurais pas de honte à vous le dire si c'était le cas.

- Bien sûr que si tu aurais à avoir honte, même peur. Tu ne sais pas ce qu'on leur réserve mais je pense que tu t'en doutes, mais c'est bien joué de ta part, tu te protèges, tu as compris qu'il ne fallait pas t'exposer avec des manières dégueulasses et infâmes, vous avez que ce que vous méritez finalement, une vie d'ombre, à se battre pour essayer d'exister. Tu vois, si je lève ma main vers toi, voilà, tu as peur, tu as peur que je te frappe parce que je lis en toi, et là le pouvoir c'est moi qui l'ai parce que tu ne sais pas du tout si je vais te laisser partir ou te frapper et te laisser pour mort au bord de l'eau. Mais tu es courageux de t'aventurer sur mon territoire seul, autour de toi, il n'y aurait personne qui entendrait tes cris d'appel à l'aide, ces conditions-là, c'est du pain-béni pour moi, tu le sais et cela te terrifie, je vois que tu trembles déjà de tous tes membres à l'idée même que je puisse te faire du mal, et en faisant ça, tu me donnes encore plus le pouvoir sur toi. Tu t'écrases et j'aime ça, c'est là qu'est ta place, c'est là que tu dois rester. En bas, inférieur, petit et pétrifié.

- Je dois y aller.
- C'est moi qui décide quand tu peux y aller.

Il m'attrapa le bras violement et me fixa de ses yeux jaunes serpent, je sentais déjà son haleine putride et distinguais clairement la pourriture et les champignons nauséeux qu'il avait sur les quelques dents qui lui restaient en bouche. Un long silence s'installa et de peur, je n'eus pu retenir plus longtemps ma vessie et mon pantalon bleu clair devint foncé. Vécu et ressenti comme des larmes chaudes qui coulaient le long de mes jambes, elles traduisaient mieux que tout, mon extrême pic de terreur. Il ria. De tout son saoul, il ria. Et moi je hurlais de l'intérieur.

Les oiseaux ne reviennent jamais

J'envisage le ciel comme un immense terrain de jeu dans lequel il n'y pas de règles définies, plutôt une forme d'instinct de déplacement, quelque chose qui s'apparente à l'abandon. Certains oiseaux se déplacent en vol battu, l'air est alors repoussé vers le bas et vers l'arrière par l'abaissement des ailes, ce qui propulse l'oiseau vers le haut et vers l'avant, d'autres préfèrent le vol plané, c'est un vol sans battement d'ailes, l'oiseau se laisse porter, l'oiseau ne dépense pas d'énergie. C'est ce vol-ci qui me fascine, que j'envie. Avoir le droit d'arrêter de faire mais continuer tout de même d'avancer.

Tous les oiseaux n'ont pas les mêmes ailes, certaines sont étroites et longues, en forme de faux d'autres sont plus larges, plus épaisses et c'est ce type d'ailes qui facilite le planement. Il y a des oiseaux solitaires, qui aiment vivre à leur rythme, d'autres qui préfèrent la compagnie, qui préfèrent l'esprit de groupe, l'envie d'avancer ensemble, habités par le même instinct, les mêmes envies.

Je serais plutôt le petit solitaire, je pense, comme mon oiseau, plutôt du genre à vouloir faire ses pauses quand il en a envie, en choisissant mon arbre, dans telle ville ou tel pays, en prenant le temps d'observer, à mon rythme, de découvrir les lieux, de faire mon analyse et de m'installer, de faire de ce lieu que j'ai choisi, un cocoon agréable, que je puisse me reposer sereinement, sans angoisse, et que je me sente un peu chez moi, que je réussisse à imposer ma présence tout en sachant rester discret pour ne pas embêter les autres, ceux qui habitent ici à l'année, ceux qui ont leur vie entière ici.

Courir après un oiseau, cela pourrait sembler d'abord être peine perdue. Lorsque j'ai entamé mes recherches, je ne pensais pas que cela prendrait une telle ampleur. Je pensais que, peut-être, il serait facile de le retrouver, qu'il n'était pas parti si loin, que peut-être il avait laissé derrière lui quelques indices qui m'aideraient. Je pensais qu'au détour d'une rue, je trouverai une plume ou deux. Que je trouverai quelque chose qui me donnerait envie de poursuivre ma quête sans jamais vraiment m'arrêter. Enclin d'une frénésie nouvelle et agréablement puissante, je pensais que j'y arriverai à force de conviction, grâce à l'espoir. Mais finalement ce n'était pas l'espoir qui motiva mon absence de raison, je continuais d'arrache-pied car je n'avais plus cet espoir d'un petit mot, d'un message. Aucune, même ridicule, petite possibilité qui m'aurait fait croire qu'un jour, je le retrouverais. Et c'est cette absence, cette absence de lui, cette absence de moi-même qui me rendait fou au point que ma démarche devint irrationnelle et perdue d'avance. Je me mis à coller des affiches un peu partout dans la ville, en imaginant que, peut-être, quelqu'un, levant les yeux au ciel, apercevrait mon oiseau et, se souvenant de la photo que j'avais faite imprimer à plus de cent exemplaires, quelqu'un me rappellerait. Il me dirait ; je l'ai vu, je l'ai vu mais il n'avait pas l'air d'avoir envie que vous le retrouviez. Je suis désolé.

J'ai mis du temps à me rendre compte que ce que j'étais en train de faire était vain. J'ai longuement hésité avant de tout arrêter. J'avais peur d'avoir fait tout cela pour rien. J'avais peur que, peut-être, il existait encore quelque chose et qu'il m'attendait, qu'encore une fois il jouait. Il jouait à m'attendre alors que finalement c'était moi qui attendais, seul, en silence et toujours éperdument amoureux. Il m'a fallu attendre le moment où cela devenait trop difficile pour moi d'être dans l'attente de quelque chose qui, de manière évidente n'allait jamais arriver. J'ai attendu ce moment de trop plein, ce moment juste avant l'explosion, avant que je ne puisse plus rien faire, si ce n'est mourir.

Lorsque que j'ai fini par arrêter d'espérer, tout autour de moi s'est assombri, tout est devenu noir, d'un noir très profond, dense, aussi dense que la pierre Tourmaline. C'est une pierre de protection très puissante qui est connue pour sa très grande capacité à emmagasiner les énergies négatives tout en les éliminant vers le sol. Elle nous recontacte à la terre tout en nous ancrant au travers de nos racines. Elle est également connue pour apaiser l'hyperactivité due à son extrême légèreté, elle régule notre taux vibratoire.

J'ai appris ces mots par cœur. Ce sont ceux qui m'ont été vendus sur internet lorsque sur les conseils de ma thérapeute je me décidai à me renseigner sur cette sorcellerie qu'est la lithothérapie, et plus particulièrement à la Tourmaline qui, selon elle, était si ancrée, qui lui était aisé de faire un lien avec moi. Que la pierre pouvait m'aider. Ni une ni deux, si l'on me propose d'être sauvé, je me jette à l'eau. Je décidai alors de m'aventurer dans les méandres de l'internet à la recherche d'expériences et autres témoignages de fervents adeptes des cailloux. Au début, je me pris au jeu, je commençais à vouloir tenter, moi aussi, les énergies du sol, les démons de la tourbe, mais plus je m'enfonçais dans les profondeurs rocailleuses des différents sites, plus les histoires que je lisais devenaient aussi sombres que la pierre en elle-même. Certains disaient qu'il fallait se protéger de tout, que ce morceau de roche était salvateur, qu'il protégeait des ordinateurs et de toutes les technologies, sous couvert de théories complotistes à base de puces mono-cellulaires injectées à notre insu dans nos corps, d'autres affirmaient que les soirs de pleine lune, lorsque qu'ils nettoyaient leur pierre des énergies négatives, ils ressentaient comme une envie de mourir, de se détacher de leur corps, de retourner à la terre, en cendres ou en simple engrais bas de gamme Jardiland. Certains même affirmaient que cela relevait de la magie noire, que la pierre réveillait les civilisations disparues qui viendraient les hanter pendant des générations et des générations, que si le caillou était dans la poche, il pouvait tuer les envies de procréation par simple volonté psychique.

Je me mis à paniquer, à remettre en question l'intégralité de l'existence, de ce pourquoi j'étais, je respirais, de comment le monde fonctionnait. J'envisageais déjà l'existence d'une dimension quasi inatteignable où chaque mètre carré d'espace serait habité par des centaines d'esprits en constante balance fragile entre le nombre de gentils et de méchants, et qui serait calculé avec une unité de mesure qui n'existe pas encore. Un monde inaccessible et gouverné par la constante angoisse de basculer dans un enfer brûlant et affreusement destructeur. Je voyais déjà ces femmes et ces hommes flous remplis de sang blanc dans des tenues déchiquetées et dont la construction corporelle serait aléatoire. C'est-à-dire qu'il serait possible d'avoir une main à la place du nez, ou encore des yeux à la place du sexe, des orteils en guise de dents, ou un long os isolé pour remplacer le bras droit. Terrifiant.

Les oiseaux là-bas n'existeraient pas. Ou alors, ils ne ressembleraient en rien à l'image de pureté que je m'en faisais. Ils seraient longilignes, avec une tête molle, et des yeux exorbitants, tenant à peine grâce à un nerf fragile sur le crâne. Ils n'auraient pas d'ailes mais des grands et longs spaghetti mal cuits à la place.

Larmes de sang

Je vais vomir. Mes paupières s'ouvrent à peine que je veux déjà vomir. Je me demande quelle quantité d'alcool j'ai pu ingurgiter pour avoir un mal aussi violent. Mon ventre cri de douleur, j'ai l'impression que je ne pourrai jamais plus rien avaler de toute ma vie, et que mon crâne va imploser à tout instant. Je regarde l'heure. Il est trop tôt. Je me rendors comme un bébé qui souffre. Mes yeux s'ouvrent une seconde fois, il est onze heures quarante-deux, je crois que je suis rentré vers six heures du matin. Cette nuit, je me suis fait voler mon téléphone. Je me souviens maintenant. Je suis parti aux alentours de trois heures et demie de la soirée chez... Je ne sais plus chez qui j'étais. J'ai des images d'un appartement pas très loin de chez moi, de garçons jeunes, de filles ivres qui gerbaient partout et de Juline, c'est la fille de la famille qui possède la maison en Bretagne, elle a les cheveux rasés et des piercings un peu partout sur les oreilles, elle porte souvent des pantalons de travail et des grosses chaussures de sécurité. Elle est magnifique quand elle porte le polo de son père, bleu et blanc, qu'elle rentre dans son pantalon avec une ceinture noire. Elle est délicate, fine, et engagée. Donnez-lui quelques bières et un misogyne homophobe et ce sera la meilleure pour le clouer à terre de vérité sur notre monde et sur sa connerie maladive. Je la revois danser, la cigarette à la main, une cigarette qu'elle a roulée aussi fine que la douceur qu'elle dégage. Les faisceaux de lumière qui se frayent un chemin entre les dessins de fumée qui s'envolent, subliment le tableau. Je danse comme un fou et elle rigole. Elle est bon public et j'en joue pour accentuer les bêtises qui me sortent de moi.

Le souvenir suivant que j'arrive à distinguer, c'est lorsque je suis sur le chemin pour rentrer, dans la nuit. Je suis au téléphone avec quelqu'un d'important, mais je ne remets pas de nom dessus, c'est vague dans mon esprit. J'ai seulement ensuite le souvenir de la sensation de ces deux grands mecs s'approchant de moi, chacun d'un côté. Je titube et suis en joie. L'un d'eux passe sa main autour de mon épaule et me demande si j'ai une clope. A peine ai-je le temps d'acquiescer qu'il arrache le téléphone de ma main puis accélère le pas légèrement sachant très bien que je n'étais pas en état de les rattraper. Je crie un peu, balbutie quelques mots incompréhensibles en les suivant comme un chien à qui on aurait pris son os.

- Je voudrais juste expliquer que je suis en train de me faire voler mon téléphone, à mon oiseau. S'il vous plaît soyez cool, laissez-moi dire à mon oiseau que vous êtes méchants et que je dois raccrocher pour vous donner mon téléphone.
- *Réponse inconnue*
- S'il vous plaît, putain, vous êtes lourds.

Après ça, plus de souvenir, jusqu'au moment où je franchis la porte du commissariat. J'explique alors la situation, et ils me demandent de monter à bord d'un véhicule. C'est ainsi que s'est entamée une course poursuite dans une voiture de police à la recherche d'individus que je serais très probablement incapable d'identifier. À ma grande surprise, après quelques drifts qui m'ont coûté, fort heureusement, seulement quelques remontées acides dans la gorge, les policiers interpellent deux jeunes hommes à combo casquette-capuche et me demandent de confirmer que c'est eux. Je dis que je ne suis pas sûr à cent pour cent et que je ne voudrais pas accuser quelqu'un à tort. Ils les interrogent rapidement et les fouillent. Ils retrouvent mon téléphone et le placent sous scellé pour l'enquête. Tout va trop vite, je ne comprends rien, j'ai l'impression de tourner dans un mauvais épisode d'une des séries policières fétiches de mon père qu'il était hors de question de rater à la télé le vendredi soir.

De retour au poste, je me fais interroger par une policière en civil. Elle m'explique que de coutume, ils ne prennent pas les plaintes lorsque la victime est bourrée mais qu'elle fait une exception car j'ai l'air cohérent dans mes propos. Elle m'indiqua également que je devrais pour ma sécurité, dormir ailleurs que chez moi pendant une semaine en cas de représailles. Rassurant.

Je quitte donc le bureau et le bâtiment un peu avant six heures et le temps que je monte les sept étages infernaux pour rejoindre mon lit, il était bien l'heure de faire un gros dodo.

Lorsque j'ouvre mes yeux pour la seconde fois donc, il me faut un Doliprane. Je décide pour cela de descendre l'échelle, puis d'enfiler un pantalon de sport et un vieux tee-shirt moche. Je titube encore et manque de tomber vingt fois dans les escaliers. J'arrive difficilement à la pharmacie, je tremble, je dois être blanc comme un linge, je me mets à pleurer lorsque je demande à la dame, les médicaments. J'ai la sensation de pleurer des larmes de sang. Je demande à la gentille pharmacienne s'il est possible d'avoir un verre d'eau pour ingérer le cachet sur le champ. Elle me dit de m'asseoir et de prendre tout le temps dont j'avais besoin. Je pleure toujours et ça me brûle. Je crois que je fais une micro-sieste sur cette chaise inconfortable. Puis, la remerciant et sentant un mélange de pitié et de peine dans son regard, je me dis que je dois être ridiculement pathétique et me dirige vers la sortie. Je prends la sage décision de passer au supermarché pour pouvoir me nourrir suffisamment afin de survivre à cette journée en enfer qui s'annonce. Dans les rayons, la lumière des néons me tue les yeux, et la musique qui est à mon gout beaucoup trop forte, fait résonner les battements de mon cœur dans mes tempes, comme si mon cerveau n'avait plus assez d'espace dans sa boite et qu'il frappait sur les murs pour les repousser. Je choisis d'acheter de la pâte à tartiner, des bonbons, du saucisson et du fromage en grande quantité. Très sain.

Une fois de retour dans mon lit, à nouveau en sous-vêtements car le contact des vêtements sur mon corps sale de ma nuit d'ivresse me dégoute, je repose ma tête sur l'oreiller et entame une nouvelle série dramatique dont les critiques médiocres m'ont convaincu car dans le cas où c'est un chef d'œuvre, je ne veux pas en louper une miette, et vu mon état, je risque de sombrer rapidement. J'essaye d'avaler quelques aliments mais le processus s'avère compliqué. Je pleure. Ça me brûle encore. Le premier épisode de la série a débuté il y a 27 minutes et je pleure déjà. Annonciateur.

Quelques temps plus tard, après m'être vidé d'une bonne dose d'alcool par les yeux, je décide d'essayer de fumer une cigarette. J'ai toujours un peu peur de la cigarette d'après soirée arrosée parce qu'elle a le pouvoir de raviver toutes les sensations négatives associées à l'alcool, comme si elle régénérait des années de névroses en une bouffée. Je porte l'instrument de mort à ma bouche et fais des étincelles par série de trois avec mon briquet avant de réussir à l'allumer. (*Oui il y a une référence cachée dans ce paragraphe*). Je tire. Ça me dégoûte, vraiment. Mais je continue malgré tout. Une fois suffisamment salis de l'intérieur comme de l'extérieur, je décide d'aller prendre ma douche parce qu'il paraît que c'est toujours efficace. Je me débrouille comme je peux pour rejoindre ma douche, elle n'est pas très loin mais c'est une épreuve. Je me mets nu. Ça aussi, c'est difficile. Je monte dans le bac de douche. J'allume l'eau, d'abord à mes pieds au cas où elle serait trop froide puis j'accroche le pommeau sur son support au niveau de la barre métallique qui ne me permet pas une grande marge de manœuvre pour me glisser en dessous. Je crache les quelques glaires qui arrivent de manière disgracieuse dans ma bouche et ensuite je laisse l'eau couler sur mon visage pendant de longues minutes. Mes larmes se confondent dans le torrent d'eau. J'attends. J'attends. J'attends et je pleure toujours. Je reste trop longtemps parce que l'intégralité de la capacité du ballon d'eau chaude s'est écoulée, j'ai froid. Je décide de passer une serviette autour de ma tête en attendant, le regard dans le vide, qu'il y ait de nouveau suffisamment d'eau chaude pour que je puisse me savonner. Le temps est très long mais je suis, de toute façon, incapable de faire quoique ce soit d'autre.

Une fois la démarche de nettoyage intensif accomplie, je me redirige vers mon lit, tel une larve coulante et déprimée. J'ouvre la pâte à tartiner et la gobe nonchalamment à la cuillère à soupe en épargnant le moins possible le cliché de l'adolescent en détresse. Je me trouve gros. Je me déteste d'avoir englouti la moitié du pot. Et puis mon ventre est toujours rempli de litres d'alcool alors il est gonflé et me semble énorme. Je me trouve moche. Ça ne tient qu'à moi mais je n'aime pas ça. Alors je pleure. Et je commence le deuxième épisode de la série, en parallèle je me perds sur les réseaux sociaux, absorbé par le vide, désintéressé des élucubrations tragiques des piètres acteurs sur mon écran d'ordinateur, ainsi que par les tentatives de recherche de célébrité des jeunes gens aux multiples talents nuls et qui trouvent ça, amusant de se filmer dans les moindres secondes de leur vie.

Mon téléphone sonne. C'est ma grande tante Jackie. Je sais que je peux prendre mon temps pour décrocher parce que, quand elle m'appelle, elle pose toujours son téléphone sur une table et s'en va faire une autre activité en attendant que je réponde, s'imaginant que tant que je ne réponds pas, cela continue de sonner, sans cesse. Alors j'attends, et au dernier moment je décroche, sans dire un mot car je sais très bien qu'elle n'est toujours pas là. C'est seulement au bout de quelques minutes d'attente, qui, qu'on se le dise, paraissent une éternité lorsqu'on est en gueule de bois et déprimé.

- Allo ?
- Oui
- C'est qui à l'appareil ?
- Tatie, c'est toi qui m'as appelé.
- Ah oui mon petit kiki, excuse-moi j'avais la tête ailleurs, je te raconte pas, c'est la folie depuis ce matin, je cours partout.
- Ah bon ?
- Oui, je te dis pas, j'ai pas arrêté. Déjà, tu sais, c'est samedi, alors, samedi, c'est marché au centre-ville. J'y vais pas tout le temps mais là j'avais besoin de légumes. Alors j'ai pris mon petit cabas et toute guillerette je suis partie.
- Ah d'accord.
- Et v'là ti pas que j'oublie de donner à manger à Henry. Tu te souviens de Henry au

moins ? Faut dire, ça fait tellement longtemps que tu n'es pas venu.

- Oui, Tatie, je me souviens, c'est le petit canari que tu gardes en cage et que tu prives de libre arbitre.

- Ah non, tu recommences pas avec tes histoires, elle est très bien cette cage.

- Si tu le dis.

- Passons, je te disais donc que j'avais oublié de donner à manger à Henry, donc qu'est-ce que je fais ? Je te le demande, mais je sais ce que j'ai fait.

Qu'est-ce que je fais ? Je fais demi-tour. Hors de question de laisser Henry mourir de faim, surtout que je me connais, moi et le marché, c'est

111

une grande histoire d'amour, manquerait plus que je croise Yvette et Véronique, et là c'est fichu, j'en ai pour la matinée.

- Hum.
- Donc je rebrousse chemin, et faut dire que j'avais déjà bien fait un bon bout, donc pour mes reins, c'était pas l'idéal, mais encore une fois, Henry passe avant tout, et je me bouge le popotin pour ne pas arriver trop tard et pouvoir faire la causette à Jeannot aux fromages avant que toutes les donzelles du village n'accaparent son stand. Donc ni une ni deux, j'attrape le sac de graine que je range d'habitude sous l'évier, tu sais ? L'évier de la buanderie, à

côté de la machine à laver ? Tu situes ?

- Oui.

- Et là, en deux temps trois mouvements, et puisque pierre qui roule n'amasse pas mousse, je remplis à ras bord sa mangeoire et je file à toute berzingue pour le marché.

- Et ?

- Attends, laisse-moi parler enfin. Donc je file au marché, tidada, je fais mes emplettes, je regarde par ci par là, je prends mon temps finalement. Puis je croise Jeannot puis Yvette et enfin Véronique. Je bois un café avec Véro, on s'est même dit qu'on allait prendre le temps aujourd'hui, hein, quitte à mourir demain, autant avoir bu son café assis. Donc on papote, on papote, on se dit nos vies, on rit comme des dindes et puis on s'en va. Je te le donne en mille, j'oublie mon cabas à la terrasse, donc j'appelle Véro en panique, j'lui dit quoi, et puis toute mignonne qu'elle est, elle me dit qu'elle va le chercher avec sa Berlingo et elle me ramène mes légumes là où je suis.

-   Ok, ok.
-   Je vais pas me faire prier dit, j'accepte volontiers. Donc j'attends qu'elle arrive, je pose mon derrière sur une bite en bitume, et j'attends. Il y a deux, trois voitures qui passent, rien de bien folichon et puis moi je crois que c'est elle à chaque fois, donc je me lève, je m'asseye, je me lève, je

m'asseye, parce que c'est qu'elle en a mis du temps la Véro. Finalement elle débarque, le sourire aux chicots et elle me propose de me ramener. Avec tout ça, je suis arrivée ici, il était quoi ? Treize heures, et puis j'étais bien fatiguée, donc je m'asseye dans mon fauteuil en me disant quoi ? Que je rangerai les courses plus tard, c'est qu'elles vont pas se carapater bien loin à dire vrai. Donc je m'asseye, je me dis que je vais bouquiner pour m'aider à m'assoupir et pis là, tu devineras jamais.

- …
- Tu devineras jamais kiki.
- …
- Allo ?

- Oui ?
- Bah, je te dis que tu devineras jamais.
- Bah si je peux pas deviner, faut bien que tu me le dises.
- Ah mais je pensais que tu allais essayer quand même. Peu importe. Pis là, donc, je réalise que j'entends pas Henry, d'habitude ses petits bruits, ça m'aide à m'endormir. Et là j'ai un flash. Dans la précipitation tout à l'heure, quand j'ai pris les graines, je me suis trompée de sachet. J'ai pris le sac plastique avec les boulettes de mort aux rats.
- Quoi ?
- Je suis une meurtrière kiki. J'ai tué Henry.
- Tu rigoles.
- Non je rigole pas mon kiki.

- Si, Tatie, dis-moi que tu rigoles.
- Je suis désolée. Mon oiseau est mort kiki.
- Arrête de m'appeler kiki.

Je raccroche et fonds en larmes.

L'aveu du cadavre

Mon grand-père est décédé très vite. De façon assez surprenante d'ailleurs, voire mystérieuse. Comme une espèce de fatalité que personne n'explique. Comme si, d'un coup, son corps avait décidé de partir.

Il avait ce truc en lui très patriarcal qu'ont les hommes blancs cisgenres hétérosexuels et nés avant les années cinquante. Ce truc qui m'insupporte mais que je supporte chez les personnes âgées parce que parfois il n'est plus temps d'essayer de les changer. Quand il est mort, j'ai tout de suite pensé à quelque chose. Je me suis dit. Merde. Il ne saura jamais qu'entre les garçons et moi, il existait une connexion particulière. Je me suis vu aussi triste de son départ que de son ignorance. Lorsque mes proches m'ont dit qu'il était possible de parler pendant la cérémonie avant la crémation, j'ai réalisé que c'était le moment. Le dernier moment où il me serait possible de lui parler. De lui expliquer et que ce n'était pas plus mal qu'il emporte son avis avec lui dans les flammes.

Le jour où la cérémonie avait lieu, j'ai revu des membres de ma famille que je n'avais pas revu depuis que j'avais dépassé les un mètre vingt. J'ai trouvé ça perturbant et incroyablement ironique de se retrouver dans un moment où le silence s'invite, plus imposant que jamais, entre les âmes. Se retrouver et ne pas être heureux au moment où les regards se croisent. Se contenter d'une légère accolade et d'un sourire crispé que l'on n'arrive pas à dessiner sur nos visages. Sous prétexte, qu'outre mon père, j'étais Le Garçon, donc le plus important de la lignée, puisque dans leurs têtes j'étais leur espoir de faire perdurer le nom de famille, il y avait cette simulation de compassion à mon égard comme s'ils savaient que j'étais celui qui souffrait le plus, tout en ignorant complètement les vraies raisons de mon mal être. Comme si, quelque part, ils m'obligeaient à ressentir des choses que je ne ressentais pas. Dans ma tête, tout était écrit, je ne pleurerai pas, et je ferai ma révélation devant l'intégralité des gens présents et puis ensuite je me cacherai le plus possible pour éviter les regards et les avis que je ne voulais pas entendre ni essayer de comprendre.

Je portais une chemise noire et un pantalon de costume noir, avec une veste bleue marine. En termes de mauvais goût, je ne fais pas mieux. J'avais mis des chaussures noires à talonnettes qui faisaient du bruit sur le sol du crématorium dans le grand couloir blanc qui menait aux toilettes. J'essayais de contrôler ma respiration, car il y avait quelque chose de bloqué dans ma cage thoracique, comme une barre métallique qui empêchait mes poumons de se déployer. Je faisais les cent pas, et je voyais déjà les regards angoissés que posaient les personnes les plus proches de moi, sur mon attitude. Je ressentais un mélange de stress puissant et de tristesse pas encore tout à fait consciente.

Au moment venu de rentrer dans la grande salle dénuée de chaleur, avec ses bancs en bois péniblement habillés de quelques fleurs sans vie, nous nous asseyions à la demande de l'homme qui dirigeait la cérémonie religieuse. En passant les multiples passages de la Bible indigestes et dont personne n'avait vraiment idée de ce qu'ils racontaient parce que ça n'aide vraiment personne de savoir qu'un être cher entre au royaume de Dieu dans ces moments, face au cercueil que l'on évite de trop regarder mais qu'au fond on a envie d'ouvrir.

C'était à moi. J'avais mon petit bout de papier blanc dans mes mains et je me dirigeais vers le pupitre. Je tremblais encore plus, j'avais froid et voulais tout arrêter. Puis dans une respiration ;

J'ai voulu donner un titre à cette dernière lettre que je vais t'adresser. Au début, j'ai pensé à quelque chose comme "hommage à un grand monsieur", ou encore "un adieu n'est qu'un long au revoir". Mais finalement je n'en ai pas trouvé un qui me plaisait suffisamment. Il y a des images qui tournent, comme un flot de nuages plus ou moins épais, dans la tête. À l'intérieur de moi, il y a un ciel et tu as été, à ton échelle, un des maçons de ce ciel. Tu as su le modeler quand il n'était encore qu'une petite chose, tu m'as appris que la piscine ce n'était pas seulement fait pour nager mais aussi pour sauter, crier et s'amuser. (Attention tout de même, il ne fallait pas sortir trop d'eau sur les rebords). Tu m'as appris à skier, et aujourd'hui c'est grâce à toi que je ramasse mes élèves en fonçant à toute vitesse pour les aider et m'assurer que tout va bien. Tu m'as appris que se resservir à table, c'est bon signe, surtout quand il s'agissait de gâteaux, de pâtes ou de bonbons. Avec Mamie, vous m'avez

initié au goût du voyage, à la curiosité, à la fougue, à la découverte, à l'amusement. Je repense avec joie à ces centaines de spectacles concoctés spécialement pour vous chaque été, avec des costumes faits de bric et brocs, ces chorégraphies et chansons endiablées qui pour moi étaient mes premières scènes et pour toi la possibilité d'être un peu fier de moi je crois.

Je n'ai qu'un regret. Et si je ne te le dis pas, je ne pourrais jamais avancer sans regarder derrière moi. Tu m'as aussi appris à aimer, aimer les autres, m'aimer moi-même, pardon de t'avoir pris aux mots. Dans mon ciel, il y a quelques nuages noirs contre lesquels j'essaye de me battre avec ferveur, comme tu me l'as encore une fois appris mais Papy, il y a une chose dont je suis aujourd'hui fier après des années d'angoisses et de peur, c'est que je suis amoureux, et mon plus grand regret est que tu n'auras jamais l'incroyable chance de rencontrer le merveilleux garçon qui me rend heureux aujourd'hui. Et je souhaite de tout cœur que peu importe la destination pour laquelle tu es en route, à ton arrivée, tu seras apaisé et fier de moi, fier parce que j'ai finalement réussi à l'être de moi-même.

Maintenant s'il te plaît, mange autant de pâtes que tu veux, rigole le plus fort possible, fais du vélo, trace, dépasse-les tous, n'oublie pas de cueillir quelques fruits sur ta route, et surtout sache qu'ici nous, on avance aussi, heureux, et pas très loin de toi.

Les heures miroirs

Mon oiseau n'était toujours pas revenu, il devait certainement être en train de m'oublier. Et doucement, le souvenir du bruit de son petit bec dans le creux de mon oreille se dissipait avec le temps.

Un soir, alors que je finissais le travail à vingt-trois heures, ma collège Marie-Anne m'avait dit pendant le service, que si je voulais, elle m'attendrait le temps que je finisse de fermer le bar, et qu'elle voulait m'emmener avec elle rejoindre ses amis dans un pub miteux Rue Feydeau. C'est un lieu underground aux allures de squat défraichi qui pue le tabac froid et la vieille vinasse dégurgitée. Les tauliers sont alcoolisés avant même l'ouverture et les habitués n'ont pas quitté leur chaise de bar depuis la veille, à l'exacte même place où ils se sont endormis dans leurs crachats pâteux et odorants. Après une quinzaine de minutes de marche et de potinage avec Marie-Anne, nous étions arrivés avant ses amis sur les lieux de l'angoisse et pour pallier la gêne prédominante qu'imposait l'endroit, nous avions pris un shot de tequila chacun.

Une fois toute la bande réunie, et que le plus généreux d'entre nous eut décidé d'offrir une tournée de bière à tout le monde, nous nous sommes mis à danser comme des fous sur la playlist punk rock proposée par le barman qui titubait déjà et devait se rapprocher très proche de l'écran de son ordinateur pour choisir les prochaines musiques qu'il passerait tellement sa vue était troublée par les litres de bière qu'il avait déjà engloutis.

Il devait être déjà minuit quarante lorsque Raphaël passa la porte du Truskel, il était grand, élancé, portait un pantalon noir et des baskets blanches, il avait un pull rouge et sous ce pull, une chemise à col blanc. Il portait également une casquette et son visage était beau. Comme un rêve. Il avait une barbe de trois jours et une moustache qui me racontait qu'il arrivait tout droit des années quatre-vingt-dix. Il était passé derrière moi, à quelques centimètres, il se dirigeait vers le bar pour commander à boire et sur sa trajectoire il s'était retourné dans un mouvement qui aurait mérité un ralenti au cinéma, et nos regards s'étaient alors rencontrés sur un moment qui m'avait paru durer une éternité. Il était avec une amie qu'il venait de rencontrer à une autre soirée quelque jours auparavant, et avec qui il s'était très rapidement entendu car elle travaillait dans la mode et lui dans la photographie.

Une heure après son arrivée, Marie-Anne qui m'avait offert le shot de début de soirée, m'avait également demandé d'aller nous commander deux verres que je paierais en guise de remboursement. Ce n'était qu'en arrivant au comptoir que je m'étais rendu compte de la stratégie qu'elle avait utilisée pour faire que je m'approche plus près de Raphaël qui attendait, lui aussi d'être servi.

- Salut !
- Salut…

- Tu bois quoi ?
- Euh, je suis venu commander deux bières pour elle là-bas et moi.
- Je te les offre.
- En quel honneur ?
- Pour tes beaux yeux, quoi d'autre sinon ?

Le temps qu'il dépose sa carte bancaire sur la machine et qu'il s'en aille dehors avec ses boissons, je n'avais même pas eu le temps de le remercier. Ce n'est que plus tard, lorsque j'étais allé dehors pour fumer une cigarette et qu'il était toujours là à discuter avec quelques personnes autour de lui, comme s'il était le centre de tous les intérêts, comme si c'était lui sur qui toute l'attention devait être portée. Alors que ses compagnons de discussion s'adressaient à lui, il avait quitté le groupe pour se rapprocher de moi.

- Tu es tout seul ?
- Ils ont froid les autres, ils voulaient pas sortir tout de suite.
- Mais toi tu avais envie de sortir fumer une petite cigarette, adossé au mur ?
- Tu as tout compris.
- Je peux te poser une question ?
- Euh, oui si tu veux.
- Sans réfléchir, dis-moi le nom d'un animal.
- Je sais pas euh, le renard ?
- C'est quoi pour toi les 3 caractéristiques du renard ?
- Mignon, rusé et euh solitaire.
- Ok.
- Pourquoi ?
- Non, comme ça.
- Ah !

- J'ai envie de t'embrasser dans le cou.
- Ok.
- Je peux ?
- Oui.

Il avait posé ses lèvres juste en dessous de mon oreille gauche, dans mon cou et m'avait pris dans ses bras. Depuis mon oiseau, je n'avais plus ressenti ce même sentiment de plénitude et de confiance. Il m'avait proposé de retourner à l'intérieur pour me présenter son amie avec qui, il était arrivé et pour m'offrir un autre verre. Nous avions discuté un long moment, essayant tant bien que mal de se comprendre malgré le volume élevé de la musique. Nous avions rencontré plusieurs personnes et avions discuté un peu avec tout le monde. Quand il fût bientôt trois heures et demie du matin, et que le bar commençait à fermer ses portes, nous nous étions tous retrouvés dans la rue, pour se dire au revoir ou bien pour décider de ce que nous allions faire ensuite. Marie-Anne, toute ivre, avait décidé de rentrer chez elle en taxi accompagnée de ses deux colocataires, et le reste de sa bande, était rentré chez eux aussi. D'autres personnes dont je ne me souviens plus le nom, nous avaient proposé de finir la nuit près du jardin des Tuileries, à côté du Louvre. J'avais regardé Raphaël pour savoir ce qu'il en pensait et s'il allait les suivre. Il m'avait dit, oui, on y va. Il avait parlé pour nous deux, comme si c'était évident qu'il ne voulait pas me quitter.

Quand nous étions arrivés sur l'étendue d'herbe surplombée par quelques buissons taillés à la perfection, et d'une rondeur impressionnante, nous avions choisi un endroit qui nous faisait plaisir pour nous asseoir et refaire le monde avec des conversations de gens éclairés alors que nous étions simplement tous ivres et que nos mots sortaient de notre bouche avant même que l'on ait envie de parler. J'étais allongé sur ses jambes, je pouvais le regarder d'en dessous. Il n'avait pas prêté beaucoup d'attention à ce que racontaient les inconnues avec nous, il n'avait fait que me regarder. À cinq heures, l'arrosage automatique des jardins du Louvre s'était mis en route, alors nous avons couru de tout notre possible pour regagner le trottoir qui était au loin, afin d'éviter d'être trempés. Les autres s'étaient décidés à partir à la suite de ce malheureux imprévu.

Mais Raphaël n'avait pas voulu que l'on se quitte encore. Nous étions alors resté jusqu'au lever du jour, assis sur un banc face à la Pyramide de Verre qui ornait le parvis du Louvre. Il s'était tenu tout proche de moi pendant ce moment hors du temps, il prenait ma main de temps en temps, pour la regarder, nous avions parlé un peu de lui, de moi, de ce que nous étions et de ce dont nous rêvions, nous nous étions embrassés, tendrement, comme des enfants. Comme Matthieu et Vic, dans le film *La Boum*. Nous ne voulions pas nous séparer, comme si la nuit était trop courte pour profiter suffisamment. Nous avions marché ensuite jusqu'à la Seine afin que je puisse prendre un taxi pour rentrer chez moi.

- Tu envois un message quand tu es dans ton lit d'accord ?

- Oui, promis. Et toi tu me promets qu'on se voit demain ?
- Promis.
- Il est 8h08, il est tard, j'y vais.
- C'est une heure miroir.
- Quoi ?
- 8h08, c'est une heure miroir.
- Et ça veut dire quoi quand c'est une heure miroir ?
- Ça veut dire que c'est bon signe. Rentre bien.

Il m'avait fait un signe de la main et s'était nonchalamment retourné pour partir dans la direction opposée.

Je lègue mon âme aux oiseaux

Je suis prêt désormais. Je suis prêt à partir moi aussi. Je suis sur le haut de la colline enchantée et je regarde au loin l'étendue du paysage, le soleil est en train de se coucher. Les couleurs sont magnifiques à l'horizon. Il y a quelques nuages qui rendent ce spectacle encore plus beau qu'il n'est vrai. Je sens le vent sur ma peau, il essaye de pénétrer dans mon teeshirt, quelques légers frissons me parcourent le dos. Je ferme les yeux. J'entends la musique de mon cœur. Je me sens bien. Je relève le menton pour diriger mon souffle vers le ciel et je prends le temps de respirer. Il ne fait ni chaud ni froid. Je me sens bien. L'herbe est verte et aux quelques endroits où les plantes n'ont pas réussi à imposer leur loi, il y a de la terre humide qui me rappelle les après-midis d'enfance à me rouler dans la boue. D'abord une goutte, légère, se dépose sur mon visage, elle est annonciatrice de la pluie. J'écarte un peu les bras pour accueillir les larmes des nuages, pour qu'elles se déposent sur mon corps en douceur, avec tendresse. Très vite, je suis mouillé de la tête aux pieds. Malgré le fait que je déteste la sensation des vêtements humides sur ma peau, cette fois-ci, je me sens bien, ça ne me dérange pas, je pourrais rester là pour toujours.

Au loin, le son doux de quelques battements d'ailes semble se rapprocher de moi. J'ai toujours les yeux fermés, je ressens la force du vent, une tempête se prépare, et les oiseaux se rapprochent toujours. Ils ne veulent pas me laisser mourir là, pauvres petites bêtes, dévastés, prêts à se livrer aux cieux sans contrat. Peu à peu, je me rends compte qu'il ne s'agit pas de deux, trois oiseaux qui venaient tenter de me dissuader de rester sur la colline. Il en arriva d'abord dix, puis dix encore, et dix de plus. Ils arrivaient par milliers autour de moi, je sentais qu'ils n'osaient pas me toucher, ils chantaient autour de moi, comme s'ils se parlaient entre eux.

La pluie devient plus forte, les gouttes se multiplient aussi, tout comme les oiseaux qui commençaient une ronde autour de moi, comme pour m'encercler, certains s'approchaient moins que d'autres, je sentais parfois leurs becs qui essayait de tirer sur mes vêtements pour me faire partir. Mais je ne bougeais pas, toujours les yeux fermés, habité par la peur et l'abandon. Je sentais une force de plus en plus présente et c'est alors que les oiseaux qui tourbillonnaient de plus en plus vite autour de moi, accélérant sans cesse et par je ne sais quelle magie, comme ça, dans un instant suspendu, les oiseaux réussissaient à me soulever du sol. Mes pieds quittaient la terre, je m'élevais, je montais dans le ciel dans une tornade d'oiseaux, je me rapprochais un peu plus des nuages, je pleurais.

Mon corps flottait au-dessus du sol et j'avais l'impression de quitter mon enveloppe. Je montais toujours, ils m'entouraient encore, et je volais. Je volais avec eux, j'étais devenu un oiseau, j'étais devenu un oiseau. Je suis un oiseau.

Mikhaël,

Je sais que tu es revenu. Je sais que désormais c'est toi qui m'attends. Je sais que tu es parti parce que tu n'avais pas le choix.

Je ne suis plus le même, je ne suis plus celui à qui tu as chanté dans l'oreille devant le cinéma. Je ne suis plus celui qui t'a enfermé dans son appartement minable. Je ne suis plus celui qui profitait de ta gentillesse et de ton amour.

Tu es parti Mikhaël, et même si ce n'est pas de ta faute, ça a été ta plus grosse erreur. Tu aurais dû me dire que tu allais partir. Dès le début. Dès l'instant où je t'ai dit que j'avais besoin d'être sauvé, tu aurais dû partir. C'est ce qu'ils font tous. Partir.

C'est beaucoup plus simple de s'enfuir face à moi, ça fait peur de rencontrer quelqu'un qui ne va jamais vraiment bien.

Je m'excuse pour mes absences alors que j'étais là, pardon d'avoir attendu des choses de toi alors que tu me donnais déjà tout.

Pardon de t'en avoir voulu d'être parti. Pardon de t'avoir fait revenir sans moi.

Mikhaël, tu es le plus beau des oiseaux que j'ai rencontré. Ta peau blanche et tes yeux noyés de bleu. Ton accent chantant quand tu t'adresses à moi dans un français approximatif. Ta gentillesse. Ton trop plein de gentillesse.

Vis pour toi, si tu en as envie. Je t'en supplie, vis pour toi. Parce que moi je ne reviendrai pas.

Les oiseaux m'ont emmené, je ne reviendrai pas. Je vole ailleurs et pour toujours maintenant. Je ne suis plus le même. Je ne sais même plus ce que je suis.

Je te revois, assis sur le garde-fou de la fenêtre, fumant une cigarette, le vent fou dans tes cheveux fous. C'était comme si tu étais prêt à t'envoler. J'ai eu trop peur que tu le fasses, et tu l'as fait.

Je te promets que tout ira bien. Un jour, tout ira bien. Un jour tu seras heureux. Et moi aussi. Dans ces mondes différents. Où toi tu cherches absolument à poser les pieds par terre et moi à ouvrir mes ailes et aller tout là-haut.

À bientôt dans les rêves, Mikhael, à bientôt dans les silences.

Je t'enlacerai dans le ciel, et

Sommaire

157

Remerciements

Ouriel Zeboulon, Illustration

Luca Ianelli, Design et création de contenu

Elisa Noury, Correction

Justine Pommereau, Correction et prise de son

Elena Hiebler Galindo, Réalisation Image, contenu vidéo